GANDOLFO

OPÉRETTE EN UN ACTE

PAR

MM. HENRI CHIVOT ET ALFRED DURU

MUSIQUE DE

M. C. LECOCQ

Représentée pour la première fois, à Paris, sur le théâtre
des Bouffes-Parisiens, le 17 janvier 1869

PARIS

E. DENTU, ÉDITEUR

LIBRAIRE DE LA SOCIÉTÉ DES GENS DE LETTRES

PALAIS-ROYAL, 17 ET 19, GALERIE D'ORLÉANS,

1869

GANDOLFO

POISSY. — TYP. ARBIEU, LEJAY ET CIE.

GANDOLFO

OPÉRETTE EN UN ACTE

PAR

MM. HENRI CHIVOT ET ALFRED DURU

MUSIQUE DE

M. C. LECOCQ

Représentée pour la première fois, à Paris, sur le théâtre
des Bouffes-Parisiens, le 17 janvier 1869

PARIS

E. DENTU, ÉDITEUR

LIBRAIRE DE LA SOCIÉTÉ DES GENS DE LETTRES

PALAIS-ROYAL, 17 ET 19, GALERIE D'ORLÉANS.

—

1869

PERSONNAGES

GANDOLFO, juge à Florence...........................	MM. Désiré.
SABRINARDI, aventurier...............................	Lanjallat.
STENIO, jeune musicien..............................	Mmes Bonelli.
ANGELA, femme de Gandolfo..........	Perrier.
FRISCA, suivante....................................	Breton.

La scène se pas e à Florence en 16...

S'adresser pour la mise en scène à M. Valaire, régisseur général du théâtre des Bouffes-Parisiens.

La partition se trouve chez MM. Brandus et Dufour, rue Richelieu, 103

GANDOLFO

SCÈNE PREMIÈRE

ANGÉLA, FRISCA.

ANGÈLA, assise et travaillant.

Dis-moi, Frisca, ne trouves-tu pas qu'il fait une chaleur accablante ?

FRISCA.

Si, madame.

ANGÉLA, nonchalamment.

Eh bien alors, mon enfant, ouvre la fenêtre.

FRISCA.

Oui, madame. (Tout en ouvrant la fenêtre, à part.) Je n'ai pas regardé la pendule, mais je parierais pour huit heures.

ANGÉLA.

On respire, cela fait du bien.

FRISCA, se retirant vivement de la fenêtre.

Madame !...

ANGÉLA.

Qu'est-ce donc ?

· Angèla, Frisca.

FRISCA.

Voici que ce jeune homme qui demeure en face ouvre également sa fenêtre !

ANGÉLA.

Ah ! vraiment !... (Après un silence.) Pouvons-nous l'en empêcher, Frisca ?

FRISCA.

Certainement non, c'est son droit... mais depuis huit jours, il en fait autant chaque soir...

ANGÉLA.

Que veux-tu !... l'air de Florence appartient à tout le monde... Que fait-il, Frisca ?... regarde un peu sans te montrer...

FRISCA.

Sans me montrer, c'est difficile... la rue est si étroite qu'en se penchant un peu on pourrait s'embrasser...

ANGÉLA.

Il ne s'agit pas de cela... je te demande ce qu'il fait ?...

FRISCA.

Il prend sa guitare... comme d'habitude... Tenez, l'entendez-vous, il prélude. Faut-il fermer ?...

ANGÉLA, nonchalamment.

Il a une voix charmante, ce jeune homme... ne trouves-tu pas ?...

FRISCA.

Charmante, oui madame... Faut-il fermer ?...

ANGÉLA.

Pourquoi donc ?... écoutons-le, plutôt...

FRISCA.

Je vois que madame aime la musique... Écoutons..

STENIO, au dehors.

I

Nina, ma bien-aimée,
Ne désespérez pas,
Vous êtes enfermée

Et soupirez tout bas.
Un vieux jaloux, ma belle,
Vous tient sous les verroux,
Mais un amant fidèle
D'ici veille sur vous !

FRISCA.

Remarquez-vous, madame, qu'il chante toujours des chansons d'amour?...

ANGÉLA, négligemment.

Il chante les chansons de son âge... Quel âge peut-il avoir?

FRISCA.

Dix-huit ans... au plus...

ANGÉLA, avec un soupir.

Dix-huit ans !

FRISCA.

Pas davantage.

STENIO, au dehors.

II

Loin de votre présence !
Hélas! je meurs d'amour,
Donnez-moi l'espérance,
Fût-ce pour un seul jour !
Et votre amant fidèle,
Malgré tous les jaloux,
Saura bientôt, ma belle,
Pénétrer près de vous !

FRISCA.

Quelle singulière coïncidence... On jurerait que ce couplet s'adresse à vous...

ANGÉLA.

A moi?... tu es folle, ma pauvre fille, où est l'apparence que ce jeune homme pense à moi... je suis mariée...

FRISCA.

C'est vrai... mais vous avez vingt ans, et votre mari en a cinquante-six...

ANGÉLA.

Quelle conclusion tires-tu de là?...

FRISCA.

J'en tire cette conclusion : qu'un homme peut très-bien tomber amoureux de vous...

ANGÉLA.

J'en sais quelque chose... Ne suis-je pas en butte aux poursuites d'un grand diable d'aventurier à moustaches rouges... qui me fait une frayeur horrible?...

FRISCA.

Celui-ci, madame, n'a pas de moustaches... et il n'est pas effrayant du tout... mais attendez, il va chanter le troisième couplet... (On entend marcher et tousser au dehors.) C'est monsieur...

ANGÉLA, vivement.

Ferme la fenêtre... vite! (Frisca ferme la fenêtre.)

SCÈNE II

LES MÊMES, GANDOLFO.

GANDOLFO, entrant par le fond, des papiers sous le bras.

Le diable soit des affaires!... Un magistrat est un homme malheureux quand il a une conscience!... Dur métier que le nôtre... on voit des choses qu'on n'aimerait pas voir!

ANGÉLA, assise et cousant.

Qu'avez-vous donc, mon ami, et contre qui vous emportez-vous?

GANDOLFO.

Je m'emporte contre l'humanité qui n'est pas belle... Moi, Giuseppe Gandolfo, juge au tribunal de Florence, je viens d'ac-

* Angela, Gandolfo, Frisca.

complir une mission pénible... je suis mortifié et furieux... les femmes, madame, sont de bien grandes coquines!...

ANGÉLA, se levant.

Comment! monsieur, c'est à moi que vous venez dire...

GANDOLFO.

Vous pensez bien que je fais des exceptions... (Lui prenant la main.) Et la première... (Lui embrassant la main.) En ta faveur... bien entendu...

ANGÉLA.

A la bonne heure! Mais racontez-moi ce qui vous arrive...

GANDOLFO.

J'étais au palais... on vient m'avertir de la part de mon ami Petruccio que, toute affaire cessante, je me rende sur-le-champ chez lui... Je pressens un malheur... je cours, je monte chez Petruccio. Ce pauvre ami se jette dans mes bras en fondant en larmes, et il m'invite à constater, en ma qualité de juge, que pendant son absence un galant a été reçu chez lui... la femme pleurait dans un coin .. Je fais une perquisition... je cherche le galant, et j'en trouve deux !... Oui, madame, deux!... un sur le balcon, et l'autre dans une armoire...

ANGÉLA.

Bonté divine!

GANDOLFO.

Je dresse mon rapport et je fais appréhender au corps les amoureux et la femme de mon pauvre ami... Mais, je vous prie, que dites-vous de cette dame?

ANGÉLA.

Je ne la plains pas.

FRISCA.

Ni moi non plus.

GANDOLFO.

Vous avez raison.

ANGÉLA.

Et je la blâme vivement.

FRISCA.

Et moi, donc!

GANDOLFO.

Vous avez raison.

ANGÉLA.

Elle n'a que ce qu'elle mérite.

FRISCA.

Certainement!

GANDOLFO.

Vous avez raison.

ANGÉLA.

Parce que c'est une sotte... Une femme qui se laisse surprendre aussi... simplement, fait preuve de bien peu d'intelligence...

GANDOLFO, surpris.

Comment! (A Frisca.) Que penses-tu de cela, toi... Frisca?

FRISCA.

Moi, monsieur, je suis tout à fait de l'avis de madame. (Elle remonte et sort.)

ANGÉLA.

ARIÈTTE.

L'homme est fort, il en abuse.
Ah! pour tromper un jaloux,
Si nous n'avions pas la ruse
Hélas! comment ferions-nous!

Les maris pour leur usage
Ont fait les lois de tout temps ;
Ils voudraient dans l'esclavage
Nous confiner à vingt ans!
Nous qui n'avons que des larmes
Pour défendre notre droit,
Combattons avec nos armes
Dans ce duel au plus adroit!

' Angela, Gandolfo.

GANDOLFO

L'homme est fort, il en abuse *.
Ah! pour tromper un jaloux
Si nous n'avions pas la ruse,
Hélas! comment ferions-nous !

GANDOLFO.

Oh ! oh !.... distinguons s'il vous plaît... A ce compte-là, vous ne blâmez madame Petruccio que d'une chose, c'est de n'avoir pas trompé son mari jusqu'au bout.

ANGELA.

Sans doute... elle a manqué de présence d'esprit... c'est impardonnable...

GANDOLFO.

Vous trouvez?... Mais alors, si vous aviez été à sa place, qu'eussiez-vous donc fait ?...

ANGELA.

A sa place... (s'arrètant.) Nous parlons par supposition, n'est pas ?... car j'espère bien que vous ne me croyez pas capable..

GANDOLFO.

Cela va sans dire...

ANGELA.

Eh bien, monsieur, si par impossible je m'étais trouvée dans cette situation d'avoir deux galants chez moi, j'aurais voulu que vous ne vous aperçussiez de rien, et même... qui sait !... que vous les invitassiez à souper...

GANDOLFO, s'emportant.

Vous plaisantez !...

ANGELA, riant.

Je plaisante en effet... Mais c'est votre faute, vous me faites faire des suppositions dénuées de vraisemblance...

GANDOLFO, doucement.

Tu as raison, mon ange, c'est moi qui suis un sot...

ANGELA, riant.

Je ne vous le fais pas dire...

GANDOLFO.

Je l'avoue de bonne grâce...

* Gandolfo, Angela.

ANGELA *.

Et tenez, monsieur, tenez... en votre absence c'est de vous
que je m'occupais, voyez cette belle bourse bleue... Je viens de
la terminer à votre intention... voulez-vous, mon cher époux,
me permettre de vous l'offrir?... (Elle lui donne la bourse.)

GANDOLFO, avec effusion.

Chère Angéla!... de la vertu et du crochet!... Vous avez
tout pour vous. (Baisant la bourse et la mettant dans sa poche.) Ce
souvenir ne me quittera jamais!... jamais!...

ANGELA.

Je ne vous demande qu'une chose, monsieur, c'est d'avoir
plus de confiance en moi et d'être moins jaloux...

GANDOLFO.

Je suis jaloux, mon Angéla, parce que je t'aime!... jaloux
comme une colonie de tigres...

ANGELA.

Et si je me mettais aussi à être jalouse, moi, que diriez-
vous?.., J'en ai bien le sujet... depuis plus de quinze jours que
vous sortez tous les soirs à neuf heures et ne rentrez que fort
tard dans la nuit!...

GANDOLFO.

Les affaires, ma chère amie, les affaires... Des dossiers à
éplucher... des masses de dossiers!...

ANGELA, l'entourant de ses bras.

J'espère bien, au moins, que ce soir vous me resterez?...

GANDOLFO.

Impossible... tout à fait impossible... Je suis obligé de re-
tourner au palais... des masses, des masses de dossiers!...

ANGELA, le quittant et d'un ton un peu froissé.

C'est fâcheux!... Je ne sais, ce soir, dans quelle disposition
e suis, mais j'aurais aimé vous avoir près de moi... C'est une
satisfaction que vous me donnez si rarement.

GANDOLFO.

Je suis le premier à en souffrir...

*Angéla, Gandolfo,

ANGELA, avec un soupir.

Enfin !... puisque cela est impossible, je me résigne, n'en
parlons plus... Au revoir, monsieur, je vais dormir...

GANDOLFO, lui envoyant un baiser.

Au revoir, trésor !...

Angela sort par la gauche.

SCÈNE III

GANDOLFO, seul.

Elle m'adore, parbleu, c'est évident.. et je suis forcé d'a-
vouer que je ne le mérite nullement... Quelle curieuse chose
que le cœur humain !... moi, Giuseppe Gandolfo, un juge, un
homme grave, grisonnant sur les tempes, je suis marié à une
femme charmante... je l'aime assurément, puisque j'en suis
affreusement jaloux. Eh bien, je la trompe... C'est à n'y rien
comprendre, ma parole d'honneur... Oui, je me suis laissé
prendre par les yeux bleus d'une adorable brune... pour elle
j'oublie tout, mes devoirs de mari et mon austérité de magistrat !... Je suis un pendard !... un petit vaurien !... ce soir encore, ce soir elle m'attend... Je vais me rendre chez elle... je
ne devrais pas y aller... je devrais me faire violence... Eh bien,
non, j'irai... c'est plus fort que moi... j'irai et je m'exposerai
aux plus grands dangers, car cette brune est mariée à un
homme terrible... un homme farouche... qui répond au nom
de Sabrinardi et qui, à ce qu'il paraît, n'est pas tendre... Si
jamais il me surprenait près de sa femme, assurément ce gail-
lard-là me ferait un fort mauvais parti... par conséquent je ne
devrais pas y aller... je devrais me faire violence... Eh bien,
non, j'irai... je ne peux pas faire autrement... c'est très cu-
rieux, le cœur humain est un abîme... voici l'heure, décam-
pons... (On entend sonner.) Hein ?...

1.

SCÈNE IV

GANDOLFO, FRISCA, puis Deux Commissionnaires.

FRISCA, entrant.

On a sonné, monsieur.

GANDOLFO.

J'ai bien entendu... Va voir, mon enfant, et si c'est quelque importun, ferme-lui la porte au nez.

FRISCA.

Bien, monsieur.

GANDOLFO.

Moi, j'ai à sortir... les affaires m'accablent... (Il entre à droite.)

FRISCA, seule.

Ouais ! m'est avis que ce sont là de ces affaires qui rapportent
moins d'écus que de coups de bâton... Mais qui vient là ?...
(La porte du fond s'ouvre et deux commissionnaires portant une grande caisse paraissent.)

PREMIER COMMISSIONNAIRE, au fond *.

Monsieur Gandolfo ?...

FRISCA.

C'est ici... que lui voulez-vous ?...

PREMIER COMMISSIONNAIRE.

C'est une caisse que nous apportons pour lui...

FRISCA, lisant sur la caisse.

« Fragile. » Qu'y a-t-il là-dedans !...

DEUXIÈME COMMISSIONNAIRE.

Nous n'en savons rien... Où faut-il la déposer ?...

FRISCA.

Attendez... je vais prévenir monsieur. (Elle entre à droite.)

---

* Premier commissionnaire, deuxième commissionnaire, Frisca.

SCÈNE V

LES DEUX COMMISSIONNAIRES, SABRINARDI.

A peine Frisca est elle sortie, que le couvercle de la boîte se soulève et
l'on voit paraître Sabrinardi; il jette une bourse aux commissionnaires
et leur fait signe de sortir, ils sortent en emportant la boîte.

SABRINARDI, seul, descendant le théâtre.

AIR:

Ouf! respirons un peu. — (Saluant.) Soyez le bienvenu.
Hein?... qui je suis? Corbleu! mon nom est bien connu.

 C'est moi qui suis l'invincible,
  Le séduisant, le terrible,
  Le bon, le beau, le hardi!
  En un mot l'irrésistible...
  Sabrino-Sabrinardi!...

 Chantant, riant la nuit entière,
 Avec de gais et francs lurons.
 A remplir et vider mon verre,
 J'ai gagné d'illustres chevrons.
 Pour tenter l'ingrate fortune,
 Cartes ou dés, c'est mon moyen,
 Et je ferraille au clair de lune,
 Pour un seul mot, un zest, un rien!

  C'est moi qui suis l'invincible,
  Le séduisant, le terrible,
  Le bon, le beau, le hardi!...
  En un mot l'irrésistible...
  Sabrino-Sabrinardi!...

Enfin!... j'ai réussi à pénétrer dans la place... Par Bacchus!
ce n'est pas sans peine... le juge Gandolfo tient sa femme étroi-
tement cadenassée, verrouillée et calfeutrée!... mais j'ai parié
hier dix écus d'or avec d'aimables drôles de ma société que
j'obtiendrais ce soir un baiser de la belle Angéla... Que je

sois pendu, et certainement je le serai un jour, si je ne gagne pas mon pari... Le bonhomme sort tous les jours à neuf heures et ne rentre que fort tard, j'aurai donc le champ libre... Mais il est encore là, à ce qu'il paraît, je me suis trop pressé... Il s'agit simplement de me dissimuler quelques instants, la belle alors sera seule, et ce n'est pas pour rien que je m'appelle Sabrinardi !... (Regardant autour de lui.) Mais où passer le temps jusqu'à neuf heures ? (Ouvrant une petite porte au fond.) La cuisine... voilà mon affaire... à cette heure-ci je n'y serai pas dérangé. (Regardant au fond.) La servante revient... Je m'éclipse...

SCNE VI

GANDOLFO, FRISCA.

GANDOLFO, entrant vivement suivi de Frisca.
Eh bien ! où ces commissionnaires sont ils passés ?...

FRISCA.
Il y avait sans doute erreur, ils seront repartis...

GANDOLFO, soupçonneux.
Tu en es bien sûre, Frisca ?...

FRISCA, s'approchant de la fenêtre *.
Tenez, monsieur, les voilà dans la rue.

GANDOLFO.
Bon ! c'est que je crains toujours quelque machination... Ah ! que l'on est à plaindre quand on a une jolie femme... Voyons, je sors... je vais fermer la porte d'en bas, et emporter le passe-partout.

FRISCA.
Comme d'habitude...

GANDOLFO.
Comme d'habitude, oui... ça me tranquillise, vois-tu. (A part.) Dépêchons-nous, elle doit m'attendre. (Haut.) Je vais travailler, Frisca, des litiges, des dossiers, des affaires, des masses d'affaires, je me donne un mal...

* Gandolfo, Frisca.

FRISCA.

Vous vous tuerez à ce métier-là.

GANDOLFO.

Évidemment!... Tiens, pas plus tard qu'hier, deux époux viennent plaider en séparation pour incompatibilité d'humeur, il y avait trente ans qu'ils ne pouvaient se souffrir... je prononce la séparation! V'lan!... les voilà qui se jettent dans les bras l'un de l'autre... et qui s'embrassent. On n'a pas idée de ces choses-là... des litiges, des dossiers, des masses de dossiers. (A part, au fond faisant une pirouette.) Je suis un gueux!... un petit pendard!... (Il sort.)

SCÈNE VII

FRISCA, puis STENIO.

FRISCA, seule.

Eh bien! non!... on dira tout ce qu'on voudra, ce mari-là est impossible... et ma foi, j'ai bien fait de faire ce que j'ai fait... (Montrant la droite.) Il est si gentil, notre petit voisin... ce matin il m'a accostée dans la rue et d'un air bien gauche, bien timide, il m'a mis une belle pièce d'or dans la main : Monsieur, lui ai-je dit, ceci est le prix d'un service que vous allez me demander... et que je suis toute prête à vous rendre, que désirez-vous?... Je voudrais voir ta maîtresse, seule, chez elle... en me disant cela il rougissait et baissait les yeux... j'ai réfléchi trois minutes et je l'ai conduit chez un menuisier... nous allons bien voir s'il a suivi mes conseils... (Elle va ouvrir la fenêtre de droite et frappe trois coups dans ses mains; au même instant on voit le bout d'une planche s'abaisser sur l'appui de la fenêtre.) Bon!... il a sa planche... le voilà qui monte dessus... il va traverser... s'il allait tomber... Ah! je ne veux pas regarder!... (Elle se cache la tête dans ses mains.)

STENIO, paraissant sur la fenêtre.

J'y suis!... (Sautant à terre.) Ah! comme le cœur me bat *.

* Stenio, Frisca.

FRISCA, relevant la tête.

Et à moi donc... Avez-vous eu peur ?...

STENIO.

Énormément... mais maintenant que le danger est passé, j'ai bien plus peur encore...

FRISCA.

Et pourquoi cela ?

STENIO.

Parce qu'elle est là... parce que je suis près d'elle.. rien qu'à cette idée, il me semble que je vais me trouver mal...

FRISCA.

Allons donc !... quand on a dix-huit ans...

STENIO, baissant les yeux.

Dix-sept, Frisca...

FRISCA, l'imitant.

Dix-sept, Frisca... il est à croquer avec son petit air en dessous...

STENIO.

C'est mon premier amour !... Ah ! c'est bien terrible d'aimer pour la première fois...

FRISCA.

Vous vous y ferez... (On entend Angela appeler Frisca.) C'est ma maîtresse qui vient ici...

STENIO, vivement.

Si je retournais chez moi ?...

FRISCA, l'arrêtant.

Du tout !... avoir risqué de briser une aussi jolie tête... pour rien !... Oh ! non !... mettez-vous derrière ce fauteuil et laissez-moi faire... (Stenio se met derrière un fauteuil.)

SCÈNE VIII

FRISCA, STENIO, caché, ANGELA.

ANGELA, entrant par la gauche en toilette blanche de nuit[*].

Ah ! je ne sais ce que j'ai ce soir, je suis agitée, nerveuse ; j'ai voulu lire et je n'ai pas pu... je pensais à autre chose...

---

* Angela, Frisca, Stenio.

FRISCA.

Je vais vous dire à quoi vous pensiez... Vous avez entendu
deux couplets d'une bien jolie romance et vous voudriez bien
connaître le troisième...

ANGELA, assise à gauche.

Tu crois?...

FRISCA.

J'en suis sûre...

ANGELA, rêveuse.

Il se pourrait bien que tu aies raison... que peut-il dire, ce
troisième couplet?... (Elle appuie sa tête sur sa main et reste sou-
cieuse.)

FRISCA, bas à Stenio.

Maintenant, vous n'avez plus qu'à chanter... (Elle sort par le
fond.)

SCENE IX

ANGELA, assise, STENIO *.

DUO.

STENIO, motif de la cantilène.

Enfin, dans sa demeure,
Je pénètre en tremblant.
Ah! s'il faut que je meure,
Que m'importe à présent!
Nina, Nina, ma belle,
Que cet instant est doux!
Car votre amant fidèle...
Il est à vos genoux!

(Angela écoute ce couplet en relevant peu à peu la tête; aux derniers vers,
elle se retourne et aperçoit Stenio, qui s'est mis à genoux au milieu du
théâtre.

• Angela, Stenio.

ANGELA, se levant vivement.
Comment avez-vous pénétré ?...

STENIO.
Par la fenêtre...

ANGELA, feignant la colère.
Quelle audace!

STENIO.
C'est par là que je suis entré,
Mais si votre rigueur me chasse,
Je puis partir.

(Il se dirige vers la fenêtre.)

ANGELA, effrayée.
Non! non!

STENIO, revenant vivement.
Eh! quoi!
Madame, vous tremblez pour moi!

ANGELA, se remettant.
Mais... du tout... je suis curieuse,
Et veux tout simplement savoir
Dans quel but vous tentez ce soir
Cette démarche périlleuse...

STENIO, avec chaleur.
Je vais vous en faire l'aveu,
C'est pour vous dire : Je vous aime !

ANGELA *.
Quoi, monsieur, vous osez!...

STENIO.
Adieu!...
Je vais partir à l'instant même.

(Il se dirige vers la fenêtre.)

ANGELA, effrayée.
Non, restez!...

* Stenio, Angela.

STENIO, revenant.

Je sens, à ce cri,
L'espoir en mon âme renaître !

ANGELA, à part.

Je tremble pour lui,
Et je maudis cette fenêtre !

ENSEMBLE.

STENIO.

La frayeur l'oppresse,
Je sens, ô bonheur !
Qu'une douce ivresse
A troublé son cœur.
Destin qui m'enchante,
Enfin je la voi
Émue et tremblante
A côté de moi.

ANGELA.

La frayeur m'oppresse,
Je sens, ô douleur !
Qu'une folle ivresse
A troublé mon cœur.
Ma tête est brûlante,
J'ignore pourquoi,
Mais je suis tremblante
A présent pour moi !

ANGELA.

Ah ! je souffre un cruel martyre !
Je ne sais que faire et que dire !
Prenez pitié de mon souci...

STENIO, s'approchant d'elle.

Prenez pitié de mon délire...

ANGELA, détournant les yeux.

Pourquoi me regarder ainsi ?...

STENIO, avec feu.

Une espérance qui m'est chère,
A guidé mes pas en ces lieux
Et c'est mon âme tout entière
Qui vient de passer dans mes yeux !
Oui, dans mes yeux !

Parfois, durant la nuit brûlante,
Bercé par un rêve bien doux,
Je croyais, vision charmante,

Être à genoux auprès de vous,
        Tout près de vous!

(Lui prenant la main.)

J'avais, autant qu'il m'en souvienne,
Pris votre main... ne sais comment...
Votre main tremblait dans la mienne,
Comme elle tremble en ce moment!
        En ce moment!

Saisi par une ardente fièvre,
Qui tout d'un coup vint m'embraser,
J'osai la porter à ma lèvre
Et la couvrir d'un long baiser!
        D'un long baiser!...

(Il lui embrasse la main.)

ANGELA *.

Qu'avez-vous fait?...

STENIO, avec feu, l'entourant de ses bras.

                Ah! je vous aime!
Pour moi, dans ce moment suprême,
C'est le ciel pur et radieux
Qui vient de s'ouvrir à mes yeux!

ENSEMBLE.

STENIO.

Quelle douce ivresse!
C'est elle, ô bonheur!
Elle que je presse
Ici sur mon cœur!
Destin qui m'enchante,
Enfin je la voi
Émue et tremblante
A côté de moi.

ANGELA.

Cette folle ivresse,
Dont il peint l'ardeur,
M'agite, m'oppresse
Et trouble mon cœur.
Ma tête est brûlante;
J'ignore pourquoi,
Mais je suis tremblante
A présent pour moi.

* Angela, Stenio.

ANGELA.

Ah ! Stenio ! j'avais le pressentiment que cette soirée me serait funeste...

STENIO.

Et moi, je me doutais que ce serait la plus belle de mon existence... (On entend un grand bruit dans le cabinet de droite.)

ANGELA, stupéfaite et effrayée.

Ciel !... ce bruit dans ce cabinet... mon mari sans doute... je le croyais parti... Ah ! fuyez, Stenio, fuyez...

STENIO.

A l'instant... (Il court à la fenêtre et dans sa précipitation fait tomber la planche dans la rue.) Ah ! impossible maintenant...

ANGELA.

S'il allait venir !... (Ouvrant une porte à gauche.) Entrez ici, par grâce... (Stenio entre, elle ferme la porte dont elle met la clef dans sa poche.) J'avertirai Frisca, il faudra qu'elle trouve un moyen de le faire sortir... mais qui aurait pu se douter que mon mari était encore là... (Voyant la porte s'ouvrir.) Le voici... (S'asseyant et prenant un livre.) Je suis tremblante...

SCÈNE X

ANGELA, SABRINARDI *.

SABRINARDI, sortant du cabinet, une bouteille à la main.

Par Bacchus ! j'ai trouvé là une certaine bouteille qui m'a fait agréablement passer le temps... (Apercevant Angéla.) Oh ! la belle est là... Attention, grand vainqueur !... (Il se frise les moustaches et se campe le poing sur la hanche.) Hum ! hum !...

ANGELA, feignant la surprise et se levant.

Mon ami, je vous croyais sorti et... (Se trouvant en face de Sabrinardi.) Grand Dieu !... Les moustaches rouges !...

SABRINARDI.

De la frayeur ! Voyons, ma colombe...

* Angela, Sabrinardi.

ANGELA.

N'approchez pas... je ne suis pas seule ici... je vais appeler...
on viendra à mon secours...

SABRINARDI.

Le premier qui entre, madame... (Tirant à moitié son épée.)
pssiitt!... je le traverse...

ANGELA, regardant la porte à gauche.

Ciel !

SABRINARDI.

Si c'est votre mari, tant mieux pour vous!... Mais pourquo
cette émotion, ma belle?... Je ne suis pas si terrible que j'en
ai l'air... avec les femmes, je suis doux comme un agneau... Mes
intentions sont des plus innocentes, je ne viens pas ici pour
vous voler, encore moins pour vous faire du mal... je viens
tout simplement pour vous embrasser...

ANGELA *.

M'embrasser... et vous avez pu supposer que je vous per-
mettrais...

SABRINARDI, se caressant les moustaches.

Je l'ai supposé!... Pourquoi tant de façons, mon infante... si
vous me connaissiez mieux, vous verriez qu'elles sont inutiles...
Ainsi donc, prenez-en votre parti, il m'a toujours suffi de quelques minutes pour me faire adorer. (Il veut l'embrasser.)

ANGELA, se reculant vivement.

Cessez cette plaisanterie...

SABRINARDI.

La plaisanterie est à cinq cents lieues de mon cœur, je parle
aussi sérieusement qu'un docteur... je vous aime, c'est fort
clair... je veux vous embrasser, c'est logique... vous y con-
sentez, c'est très-naturel... le plaisir est pour nous deux... (A
part.) Et de plus j'y gagne dix écus d'or. (Haut.) Vous voyez
qu'il n'y a pas à hésiter une seconde. (Voulant lui prendre la taille.)
permettez donc, ma charmante...

* Sabrinardi, Angela.

ANGELA, se dégageant.

Non, jamais !

SABRINARDI, la retenant.

Jamais !... Ce mot-là n'est pas dans mon dictionnaire... (L'em-brassant.) Et la preuve, la voici *.

ANGELA, regardant la porte de gauche.

Ah !... pauvre Stenio !...

SABRINARDI, avec fatuité.

Je vous disais bien qu'il ne me fallait que quelques minutes pour vous apprivoiser... (Se caressant la moustache.) On sait ce qu'ont vaut, par Bacchus !... et j'espère que vous vous souvien-drez longtemps de Sabrinardi !

SCÈNE XI.

LES MÊMES, FRISCA **.

FRISCA, entrant vivement par le fond.

Madame, madame... Monsieur monte l'escalier...

ANGELA.

Mon mari !...

FRISCA, regardant Sabrinardi et restant stupéfaite.

Ah !... (A Angela.) Eh bien, et l'autre ?

ANGELA *.

Tais-toi !... Deux hommes chez moi, et mon mari va les trouver ici !...Que faire ?... (Après un instant par inspiration.) Ah !... (A Sabrinardi.) Monsieur, tirez votre épée ***...

SABRINARDI.

Comment, madame, vous voulez que je le...

ANGELA.

Eh ! non, monsieur... qui vous parle de cela ?... Tirez votre épée... (Sabrinardi tire son épée.) quand mon mari entrera, bran-dissez-la, dites seulement ces trois mots : Je le trouverai !... et partez...

* Angela, Sabrinardi.
** Angela, Frisca, Sabrinardi.
*** Frisca, Angela, Sabrinardi.

SABRINARDI

Mais je ne comprends pas...

ANGELA.

Qu'importe... obéissez... et surtout pas une syllabe de plus...
(Voyant entrer Gandolfo.) C'est lui !...

SCÈNE XII

LES MÊMES, GANDOLFO.

GANDOLFO, entrant *.

Un homme chez moi !

SABRINIARDI, criant en brandissant son épée.

Je le trouverai !..

GANDOLFO.

Monsieur, je voudrais bien savoir...

SABRINARDI, brandissant son épée.

Je le trouverai !.. Je le trouverai !.. (Il sort par le fond.)

SCÈNE XIII

ANGELA, GANDOLFO, FRISCA**.

GANDOLFO.

Je le trouverai !.. je le trouverai !..quel est cet homme ?.. est-
ce un fou ?... m'expliquerez-vous, madame, comment il se fait
que je vous trouve ici enfermée avec cette espèce d'aventurier...
des raisons, madame, des raisons... j'en veux sur-le-champ...

* Frisca, Angela, Gondolfo, Sabrinardi
** Frisca, Angela, Gondolfo.

ANGELA, tranquillement.

Et je vais vous en donner de très-satisfaisantes, si toutefois vous me laissez le temps de placer un mot.

GANDOLFO.

Parlez... parlez... justifiez-vous si vous le pouvez...

ANGELA.

Rien de plus facile...

FRISCA, à part.

Je suis curieuse de savoir ce qu'elle va dire...

ANGELA.

D'abord, monsieur, sachez que ceci est de votre faute... lorsque vous avez quitté la maison, vous avez cru fermer bien hermétiquement la porte d'entrée et dans votre précipitation vous l'avez laissée entr'ouverte...

GANDOLFO.

Moi, mais je me souviens parfaitement avoir donné deux tours de clé...

ANGELA.

Vous vous souvenez fort mal... la porte n'était pas fermée... j'en appelle au témoignage de Frisca...

FRISCA, étendant la main.

C'est la vérité pure...

ANGELA.

Si bien que nous étions tranquillement dans cette chambre, lorsque soudain un grand bruit se fait entendre... Un jeune homme pâle, les cheveux et les vêtements en désordre gravit l'escalier et se précipite ici en criant : sauvez-moi, madame, sauvez-moi... — il me poursuit et veut me tuer... Qui donc !... — Un homme à moustaches que je ne connais pas et et qui me prend pour l'amant de sa femme... je l'entends, madame, je l'entends... il est sur mes traces, sauvez-moi !.. — J'ai pitié de ce jeune homme, je le fais cacher dans ce cabinet. (Elle montre la gauche.) Et aussitôt je vois apparaître ce grand diable que vous ve nez d'apercevoir... — Il est ici, crie-t-il d'une voix de stentor, il est ici. — Je fais l'étonnée et je nie de toutes mes forces. Nous en étions là quand vous êtes entré, et voilà pourquoi cet homme

brandissait son épée en s'écriant : je le trouverai ! je le trouverai !.. Il le cherche autre part, voilà tout. Vous voyez bien,
monsieur, que cette aventure est toute naturelle et qu'elle vient
de votre négligence. J'en appelle du reste au témoignage de
Frisca.

FRISCA, étendant la main.

C'est la vérité pure.

ANGELA.

Qu'avez-vous à dire ?.. pouvions-nous faire autrement que
de soustraire ce malheureux jeune homme à la fureur de ce
spadassin dont le nom seul fait frémir... il s'appelle Sabrinardi !

GANDOLFO, à part.

Sabrinardi... le mari de ma brune !... (Haut) Non, madame...
non... vous avez bien fait... quoique ce soit chose illicite de
protéger un coupable... et ne dites-vous pas que ce jeune
homme est le galant de la femme...

ANGELA.

Il jure le contraire, monsieur... Ce Sabrinardi est, à ce qu'il
paraît, certain d'être trompé... Ses soupçons sont tombés sur
ce jeune homme... il s'appelle Stenio... mais il est innocent,
son accent est trop sincère... Il y a erreur, je l'affirme-
rais...

GANDOLFO, étourdiment.

Et moi j'en suis convaincu...

ANGELA, surprise.

Comment !...

GANDOLFO, vivement.

J'en suis convaincu, parce que vous me le dites et que je vous
crois. Ce Stenio paie pour un autre. (A part.) Il paie pour moi
(haut) et je veux achever ce que vous avez commencé... Je le
protégerai, ce jeune homme... Je le prends sous ma sauve-
garde... j'éprouve pour lui le plus vif intérêt... Où dites-vous
qu'il est, madame ?...

ANGELA, lui montrant la gauche.

Là... (lui donnant la clé.) Tenez, monsieur, voici la clé... Vous comprenez que je l'avais enfermé...

GANDOLFO, allant à la porte de gauche.

Venez, Stenio, venez, mon jeune ami... il n'y a plus de danger... le mari est parti... (Stenio sort du cabinet.) Il est encore tout pâle et tremblant, ce pauvre garçon.

SCÈNE XIV

LES MÊMES, STENIO*.

QUATUOR

GANDOLFO.

Avancez, avancez, jeune homme,
Vous n'avez rien à craindre ici ;
C'est Gandolfo que l'on me nomme ;
Et de plus je suis votre ami...

STENIO.

Monsieur, monsieur, je vous assure...

GANDOLFO.

C'est bon, je vois fort clairement
En regardant votre figure
Que vous êtes très-innocent...

STENIO, surpris.

Que dit-il ?...

ANGELA, à part, vivement.

Pas un mot, de grâce,
Et ne vous étonnez de rien!...

GANDOLFO.

Du souci banissons la trace...

STENIO.

Vous le voulez, je le veux bien...

____

* Gondolfo, Stenio, Angela, Frisca.

GANDOLFO.

Près de nous, pour me satisfaire,
Vous allez rester, et j'espère
Que vous ne refuserez pas
De partager notre repas...

FRISCA, à part à Angela.

Madame, voilà qu'il l'invite...

ANGELA, vivement.

Ah! fais comme moi... ne ris pas!...

GANDOLFO, à Stenio.

Vous acceptez ?

STENIO.

J'accepte !

GANDOLFO.

Eh vite !
Frisca, servez-nous le souper !...

ENSEMBLE

FRISCA, à part.

C'est un plaisir de le duper !...

STENIO.

De cette bizarre aventure,
Je reste ici tout interdit ;
Je suis sauvé, la chose est sûre,
Par un stratagème hardi !

GANDOLFO.

De cette bizarre aventure,
Il reste ici tout interdit;
Je suis sauvé la chose est sûre,
Et c'est grâce à cet étourdi.

ANGELA.

De cette bizarre aventure,
Il reste ici tout interdit ;
Grâce à mon adroite imposture,
J'ai sauvé ce jeune étourdi !

FRISCA.

De cette bizarre aventure,
Il reste ici tout interdit ;

Il est sauvé, la chose est sûre,
Par un stratagème hardi !

(Frisca sort un instant par le fond, puis revient avec un table toute servie.)

GANDOLFO, à Stenio.

L'insouciance est de votre âge,
Reprenez donc votre gaîté.
Moi, je veux faire davantage,
Je veux boire à votre santé !

STENIO.

A ma santé, vous voulez boire !
Ah ! voilà bien une autre histoire,
Et c'est vraiment à n'y pas croire !

FRISCA.

La table est mise...

GANDOLFO, à Stenio.

Asseyez-vous*...

Ma chère Angela, versez-nous,
Et que des flancs de la bouteille
S'échappe la liqueur vermeille !

ANGELA, versant.

I

C'est le vin
Qui fait que soudain l'on oublie
Le chagrin,
Pour le noyer dans la folie !
Un mari,
Lorsque sa femme le désole,
Trouve en lui
Un tendre ami qui le console !
Il faut boire, boire à pleins bords,
Cette liqueur enchanteresse,
Qui donne aux faibles comme aux forts,
L'oubli, le bonheur et l'ivresse !

* Stenio, Angela, Gondolfo, tous trois à table, Frisca debout.

TOUS.

Il faut boire, boire à pleins bords,
etc.

GANDOLFO, se levant.

Puissiez-vous être heureux toujours!
Ami, je bois à vos amours !

STENIO, regardant Angela.

A mes amours, vous voulez boire!
Ah ! voilà bien une autre histoire,
Et c'est vraiment à n'y pas croire !

GANDOLFO.

A vos amours...

STENIO.

A mes amours !

GANDOLFO [*].

Et que des flancs de la bouteille
S'échappe la liqueur vermeille !

STENIO.

Il

C'est le vin

Qui nous ouvre près d'une belle
Le chemin
Où le gai plaisir nous appelle !
Tout amant,
Pour que l'ardeur règne en son âme,
Fréquemment
Doit se réchauffer à sa flamme!
Il faut boire, boire à pleins bords.
Cette liqueur enchanteresse,
Qui donne aux faibles comme aux forts,
L'oubli, le plaisir et l'ivresse.

TOUS.

Il faut boire, boire à pleins bords,
Cette liqueur enchanteresse,
Qui donne aux faibles comme aux forts,
L'oubli, le plaisir et l'ivresse !

[*] Gandolfo. Stenio, Angela, Frisca.

SCÈNE XV

LES MÊMES, SABRINARDI.

SABRINARDI, entrant par le fond, son épée à la main et criant.

Je le trouverai !... je le trouverai !...

GANDOLFO *.

Le mari... (à Stenio.) Cachez-vous, cachez-vous...

STENIO, surpris.

Moi !

ANGELA, s'approchant de Sabrinardi.

Encore vous !... mais monsieur, votre rôle est fini... je ne vous avais pas dit de revenir...

SABRINARDI, sans l'écouter.

Je le trouverai, madame, je le trouverai !...

ANGELA vivement.

C'était bon tout-à-l'heure, mais c'est inutile maintenant...

SABRINARDI, furieux.

Non, non, ce n'est pas inutile... je viens de chez moi... (il y avait plus d'un mois que je n'avais mis les pieds à la maison.) j'y trouve ma femme... seule... mais troublée... balbutiant comme quelqu'un qui est pris en faute... je jette autour de moi un coup d'œil investigateur... un objet attire mes regards... je me baisse, je le ramasse... (Tirant de sa poche la bourse bleue de Gandolfo et la montrant.) Ceci appartient à un homme que je tuerai certainement.

GANDOLFO, s'éloignant **.

Ah !...

ANGELA, vivement, prenant la bourse.

Cette bourse... mais...

SABRINARDI, vivement.

Vous la connaissez ?

* Angela, Sabrinardi, Gandolfo, Stenio, Frisca.
** Gandolfo, Angela, Sabrinardi, Stenio et Frisca un peu au fond.

ANGELA, l'examinant tranquillement.

Pas le moins du monde... (A part.) Ah ! monsieur mon mari !...

SABRINARDI.

Je suis bafoué !... Quand au brigand qui profitait de mon absence pour me couvrir de ridicule, je ne voudrais pas être dans sa peau...

ANGELA.

Mon mari saura bien trouver le coupable... (à Gandolfo.) N'est-ce pas, monsieur ?

GANDOLFO, à part.

Je suis pris !

ANGELA, montrant la bourse.

Toute votre habileté consistera à chercher et à découvrir à qui appartient cette bourse... (Près de lui.) Vous ne la connaissez pas ?...

GANDOLFO, suppliant.

Angela !

ANGELA, bas.

Ah ! fi ! monsieur ! (Haut à Sabrinardi) Attendez... peut-être qu'en interrogeant mes souvenirs, je pourrai vous mettre sur la trace...

SABRINARDI.

Vertu de ma vie !... interrogez vos souvenirs, madame... mon épée, me démange !...

GANDOLFO, vivement bas, à Angela.

Voulez-vous donc me perdre !... vous voyez bien que cet homme va m'embrocher...

ANGELA, de même.

Vous le mériteriez...

GANDOLFO, bas.

Faites vos conditions... j'y souscris d'avance...

ANGELA, bas.

Je veux être libre d'aller et de venir à ma guise... je ne veux plus être enfermée et j'entends que vous renonciez à votre jalousie...

GANDOLFO, bas.

C'est accepté...

SABRINARDI, qui s'impatiente.

Eh bien, eh bien, madame, retrouvez-vous quelques traces ?...

ANGELA.

Parfaitement !... je me souviens très-bien, me trouvant un jour dans un magasin, avoir vu acheter cette bourse bleue à glands d'or, par une dame de taille... (Bas à son mari.) Petite ou grande ?

GANDOLFO, bas.

Petite...

ANGELA.

De taille petite... ayant les cheveux... (A son mari.) De quelle couleur ?...

GANDOLFO, bas.

Noirs...

ANGELA.

Ayant les cheveux noirs et les yeux...

GANDOLFO, bas.

Bleus...

ANGELA.

Et les yeux bleus... et qui disait : « Je veux faire une surprise à mon mari. » Nul doute, monsieur, que votre femme n'ait acheté cette bourse pour vous...

SABRINARDI.

Par Bacchus ! dans ma colère, je n'ai voulu entendre aucune explication... je vois que j'ai eu tort et je vais courir faire des excuses à Paola...

ANGELA, vivement et bas à Gandolfo.

Retenez-le à souper, que j'aie le temps de faire prévenir sa femme par Frisca...

* Angela, Gandolfo, Sabrinardi, Stenio, Frisca.

GANDOLFO, à Sabrinardi.

Tout s'explique, vous le voyez, et pour le mieux... mais vous ne partirez pas d'ici, je l'espère, sans me faire l'honneur de vous asseoir à ma table. C'est le verre en main quo nous devons terminer cette journée...

SABRINARDI.

Je n'ai jamais refusé un verre de vin...

FRISCA.

Ça y est !... il les a invités tous les deux !...

ANGÉLA, bas à Gandolfo.

Songez à tenir votre promesse...

GANDOLFO.

Oui, madame... (A lui-même.) Diable !... si elle allait abuser de sa liberté... J'ai mon idée... (A Stenio.) Mon jeune ami, j'ai besoin d'un secrétaire, voulez-vous être le mien?...

STENIO, vivement.

De grand cœur !...

GANDOLFO.

Alors, c'est fait, vous restez chez moi... (A part.) Je le chargerai de veiller sur Angéla, et comme cela je serai tranquille...

FINAL.

GANDOLFO.

Et maintenant à table...

TOUS **.

A table !

GANDOLFO.

J'éprouve un plaisir véritable,
Mes amis,
A vous voir autour de ma table
Réunis !

* Angela, Sabrinardi, Gandolfo, Stenio, Frisca.
** Gandolfo, Sabrinardi, Angela, Stenio, Frisca.

SABBINARDI.

Vous êtes un homme adorable,

STENIO.

Bon, généreux et serviable...

ANGÉLA.

Vous êtes un époux charmant,

FRISCA.

Un maître doux et bienfaisant.

SABBINARDI.

Ah! tant de qualités parfaites
Font que malgré moi je me tais,
Et que je ne pourrai jamais
Vous dire tout ce que vous êtes!

GANDOLFO.

Pour ces mots sincères,
Merci, grand merci!
Et tous quatre ici
Répétons en choquant nos verres!
Il faut boire, boire à pleins bords,
Cette liqueur enchanteresse,
Qui donne aux faibles comme aux forts,
L'oubli, le plaisir et l'ivresse!...

TOUS.

Il faut boire, boire à pleins bords etc.

Tableau. — La toile tombe.